媽媽的珍寶箱
mum's treasure chest

童年點滴記憶，除了靠媽媽蒐集相片、珍藏紀念小物外，幾乎流失殆盡。藉著繪本 < 媽媽的珍寶箱 >，銜接失落已久的童年記憶地圖！珍寶箱內收藏的衣物、卡片、奶嘴、玩具，不是名貴珠寶，卻是全家記憶的小縮影、心有靈犀一點通的家族密碼。小家庭，小日子，平凡的小小記憶收藏，家庭間的通關密碼，也能成為日後遇上難關時的信心與助力。

感謝 台南市立圖書館同意授權，讓 2015 年台南好漾 [創意繪本與文學創作] 比賽得獎作品的 < 媽媽的珍寶箱 > 另行出版。

感謝 台南應用科技大學 美術系研究所曾俊義主任、張慶祥老師，在蘇菲亞繪本創作期間多所指導與鼓勵。

感謝 好姊妹劉惠蓉老師，在台語文學方面的精湛學識，百忙之中還為 < 媽媽的珍寶箱 > 台文母語翻譯，真情感人。

感謝 兒子 Julian liu 在英文翻譯方面總是幫忙與鼓勵母親，歷年來多本英文繪本翻譯也累積出相當優異的結果。

繪本的世界，充滿故事與美的境界，可以享受一輩子的玩興。童鞋們，歡迎來到 < 媽媽的珍寶箱 > 繪本童話世界，進入蘇菲亞繪本城堡。共享這片溫馨美好的繪本書香。

阿母的私奇寶提供足大的力量，總算戰贏病魔、拍敗病魔，阿母轉來厝囉！

◎ 足 (tsiok)：1. 完滿，滿意。2. 夠量的、不缺乏的。3. 整整的、完全的。4. 非常、很、十分。5. 步行。例：遠足。6. 腳。也可唸作 tsok。

阿母的私奇箱加一跤入院的塑膠箍仔。提醒逐家愛注意身體的健康，

◎ 跤 (kha)：只。計算戒指、單數手鐲、皮箱等物的單位。

◎ 加 (ke)：1. 增益、添加。2. 比原來的數量多，或比較對象多。3. 多餘、原本不必要。

◎ 入院 (jíp/líp-īnn)：住院。因為生病住進醫院就醫。

◎ 愛 (ài)：1. 喜歡。2. 親密的感情、恩惠、仁德。3. 想要做某件事。4. 要、必須。

YES，MAMA！一切都攏無問題囉！

阿母講，恁三兄妹直直大漢，阿母攏無看著恁古錐的模樣，真正是誠**毋甘**呢。哈哈哈，好加哉有私奇箱仔。

◎攏 (lóng)：都、皆、全部。
◎毋甘 (m̄-kam)：捨不得、難過、不忍。
◎好佳哉 (hó-ka-tsài)：幸虧、還好。

小弟小妹攏咧唔唔睏矣。阿爸佇病院照顧阿母，真晏才轉來，眼著阿爸無閒甲參嚓鬚都袂記圖。「阿爸，我足想阿母 .....」「阿家」，阮爸仔囝攬咧目屎四淋垂，啥物話嘛**毋**免講。

◎ 唔唔睏 (onn-onn-khùn)：睡覺的通俗說法，常用在哄小孩子睡覺的時候。
◎ 佇 (tī)：在某個地方。在某段時間。
◎ 病院 (pēnn/pīnn-īnn)：醫院。源自日語。
◎ 真晏 (tsin uànn)：很晚。
◎ 眼著 (gán-tióh)：瞧見、瞥見、瞄到、瞄見。
◎ 嚓鬚 (tshuì-tshiu)：鬍鬚、鬍子。
◎ 圖 (khau)：1. 削、刮。2. 吹風、颳風。3. 引申為譏諷。
◎ 攬 (lám)：1. 擁抱、摟抱。2. 包攬、承擔、負全責。3. 計算兩手環抱長度的單位。例：一攬大 (一人兩手合抱的大小)。4. 計算一綑綑柴火的單位。例：一攬柴。
◎ 目屎 (bák-sái)：眼淚。
◎ 四淋垂 (sì-lâm-suî)：涕淚縱橫、傷心的樣子。

阿母加油！一切攏無問題。

阿母閣送入去病院急診，我紮一張相片陪伴阿母助一个仔膽。阿母講，驚舞無見，先园咧私奇箱內底。外媽講火烌媽講：阿家真正大漢矣。

◎ 紮 (tsah)：攜帶。
◎ 無見 (bô--khì)：遺失、丟掉。
◎ 火烌媽 (hué/hé-hu-má)：外婆的一種說法。

蹛院的流擺，阿母抑是欲提這張相片，這張相片予伊有真大的勇氣，陪伊度過我參想就想袂到的艱苦。

◎ 流擺 (lâu-pái)：期間、年頭、時光、日子、年月。
◎ 蹛 (tuà)：1. 居住。2. 在。3. 過夜。3. 任職。
◎ 欲 (beh/bueh)：1. 要、想，表示意願。2. 將要、快要。3. 若是、如果，表示假設。
◎ 艱苦 (kan-khóo)：1. 艱難、痛苦。2. 難過、生病不舒服。

阿母的私奇箱仔內底，愈來愈豐富矣，小弟鉸落來的頭毛，阿妹仔換新的奶喙仔，真古錐的細雙襪仔，寫予媽媽的批、賀卡、加油的鼓勵卡，猶有真濟一家伙仔幸福的相片。

◎ 鉸 (ka)：剪。
◎ 頭毛 (thâu-mn̂g 又唸作 thâu-moo)：頭髮。
◎ 奶喙仔 (ling/ni-tshuì-á 又唸作 lin-tshuì-á)：奶嘴。橡皮製的奶頭。一種是裝在奶瓶上，有孔，可以讓嬰兒吸吮其中的牛奶或水；另一種無孔，則是單純供嬰兒吸吮用。
◎ 批 (phue/ phe)：1. 信件、書信。2. 上級對下級的核定許可或閱覽改正。3. 評判、評論。4. 用刀子將物品削成片狀。5. 大量買賣物品。6. 計算成群的人或物品的單位。
◎ 猶有 (iáu-ū)：還有。◎ 濟 (tsē/tsuē)：多。
◎ 一家伙仔 (tsít-ke-hué/thé-á)：全家、一家子。全家人、同一家人。

阿妹仔也會有一跤私奇寶，我幫阿母共小妹扗出世的塑膠箍仔囥入去。

阿弟仔猶幼茈，我會共照顧、陪伊耍。

◎ 茈 (tsínn)：1. 幼、嫩、未成熟的。2. 年輕的。3. 稚嫩。經驗少的、資歷淺的。

阿爸抱我講，哎呀！咱兜的阿家大漢囉，大甲阿爸咧欲抱無法嚕。其實應該愛好好仔感謝咱阿家，你真正是相佮誠鬥相共。

◎ 兜 (tau)：1. 家、居住所。2. 腳下、跟前。3. 在附近、左右的意思。

◎ 佮 (thīn)：1. 支持、推舉。2. 取其平均。3. 婚配。4. 互相理會、爭執。

愛乖乖喔！阿母才閣生一个小妹陪你耍，你是阿兄、大漢愛鬥騙小弟。

◎ 耍 (sńg)：玩、遊戲。 ◎騙 (phiàn)：欺詐、哄騙。

阿母終其尾閣生一个古錐的阿妹仔，我是大兄，愛鬥照顧小弟、小妹。

◎ 終其尾 (tsiong-kî-bué)：終究、結果、終於。

阿母的身體抑是虛身荏底，穩心養身命，阿母，無問題的。

◎ 荏身 (lám)：1. 形容人的身體虛弱，沒有元氣。2. 形容某事物的質地不夠紮實、堅固。

這是你細漢的相片，才出世的你，病院
共揀生出來的嬰仔掛的手節箍仔，猶有
恁阿舅送予你的媠衫、古錐的細雙鞋仔。

◎ 手節箍仔 (tshiú-tsat khoo-á)：可供識別的手
　腕帶、紙環。

◎ 媠 (suí)：漂亮的、美麗的。

◎ 古錐 (kóo-tsui)：可愛。小巧玲瓏，討人歡喜。

你拄出世的時陣，袂輸皺襞襞縮細身的老伙
仔，啥知影，一下手就變甲肥白胖奶，足古錐
的。毋過，每一工的暗暝總是吼無停，阿母規
暝共你抱、共你攬，忝甲咱兩人攏睏去矣，天
色漸漸光，你嘛差一點仔溜落去眠床跤。

◎ 才才 (tsiah-tsiah)：剛剛。

◎ 袂輸 (bē/buē-su)：好比、好像。

◎ 皺襞襞 (jiâu/liâu-phé-phé)：皺巴巴。形容物體表面
　不舒展、不平整的樣子。

◎ 胖奶 (hàng-ling/ni)：嬰兒肥。形容嬰兒長得白白嫩
　嫩。

◎ 忝 (thiám)：1. 疲累。2. 慘重。形容程度深、嚴重。

◎ 跤 (kha)：1. 腿、足。2. 在……下。3. 加入互助會或
　參加賭局的人。4. 指器物的下方、底部。

這張是咱鬥陣作伙去遊樂園𨑨迌，你
上愛食棉糖，收集細隻車的模型。恁
每一個人攏有一跤私奇寶，內底园阿
母頂真收集古錐可愛的細項物仔。

◎ 𨑨迌 (tshit-thô 又唸作 thit-thô)：1. 遊玩。
　2. 玩弄。3. 好玩的。

◎ 园 (khng)：1. 放入。2. 擱、保留。3 存放。

◎ 頂真 (tíng-tsin)：指做事認真細心，毫不
　馬虎。

阿母：「哪會遮爾無細膩，看阿弟敢是足痛、足可憐嘟！」失禮啦！阿弟，阿兄毋是刁工的。

◎ 無細膩 (bô-sè-jī/bô-suè-lī)：1. 不小心。2. 不客氣。

◎ 失禮 (sit-lé)：對某人不起，向某人賠罪。

◎ 毋是 (m̄ sī)：不是。

◎ 刁工 (thiau-kang 又唸作 tiau-kang)：專程、特地。故意。

阿母你敢是開始咧討厭我矣？阿母共我揌咧講，天啊！心肝寶貝，你是我的小愛人，阿母是上愛你的呢。

◎ 揌 (mooh)：緊抱、緊貼。

阿家，緊來看阿母的私奇寶，你的物件，阿母收有夠濟。

◎ 緊 (kín)：1. 快、迅速。2. 快點，表催促。

◎ 物件 (mi̍h/mn̍gh-kiānn)：東西。

毋過，自從有小弟了後，阿爸閣較無閒，阿母嘛定定無爽快，阿弟仔不時嘛嘛吼，參欲睏進前眠床邊的故事，逐家都放袂記矣！

◎ 猶毋過 (iáu-m̄-koh 又唸作 iah-m̄-kò、ah-m̄-kò、á-m̄-kò、iá-m̄-kò)：不過、可是。

◎ 傷 (siunn)：太、過分於。

◎ 無閒 (bô-îng)：忙碌、忙著。沒空、忙碌。

◎ 四常 (sù-siông)：時常、經常。

◎ 無爽快 (bô-sóng-khuài)：不對勁、不舒服。

◎ 嘛嘛吼 (mà-mà-háu)：嚎啕大哭。指小孩大聲哭鬧。

◎ 睏 (khùn)：睡覺。

◎ 進前 (tsìn-tsîng)：1. 以前、從前。2. 之前。3. 向前、前進。

◎ 眠床 (bîn-tshn̂g 又唸作 mn̂g-tshn̂g)：床、床鋪。

◎ 都 (to)：1. 更、也、甚，表示比較。2. 已經。3. 皆、完全、通通。4. 是。表示有條件的肯定。5. 就……、又……，表示強調的語氣。

哼！叫我莫食糖仔，我干干仔欲食。

◎ 莫 (mài)：不要。表示禁止或勸阻之意。

◎ 食 (tsiàh)：1. 吃。2. 喝。3. 吸食。4. 上色、著色。5. 依靠、以……為食。例如：食褒。6. 活、活命。例：食甲老老老。7. 貪汙、偷取。例：食錢。8. 受力、承受。例：船食水有偌深。

◎ 干干仔 (kan-kan-á)：偏偏。

◎ 欲 (beh/bueh)：1. 要、想，表示意願。2. 將要、快要。3. 若是、如果，表示假設。

食力，害呀！罐仔足重，落落來，煞去硞著阿弟仔的頭啦！

◎ 食力 (tsiàh-làt)：1. 用力、費力。2. 比喻精神或情況嚴重、糟糕。

◎ 落落來 (lak--lóh-lâi)：掉下來。

◎ 煞 (suah)：竟然。

◎ 硞 (khók)：1. 敲。2. 碰撞。

尻脊馬 / 劉惠蓉 (台文)　　童音兒語：

『爸爸馬 爸爸馬 我要騎馬馬 人家要騎馬馬嘛 駕 駕 駕駕駕 咖馬 咖馬』

台語唸謠：碌硞碌硞馬 碌硞碌硞馬 碌硞碌硞馬

你欲共阮載去佗　坐佇你的肩胛頭　騎踮腹肚尾　東南西北四界踅

踅甲忝忝 司奶覆落去尻脊骿　安安穩穩 是阮的靠山　予阮啥物攏毋驚

溫暖深情 天倫愛　較濟錢 嘛無當買　有錢嘛無當買　一世人無後悔　永遠佮你攬做伙

這隻馬 啥物馬　就是阿爸的尻脊馬

台語唸謠：

碌硞馬馬 碌硞碌硞馬　感謝載阮四界踅　尻脊馬 尻脊馬 有錢無當買

溫暖的愛 永遠綴做伙

【語詞註解】

◎ 碌硞馬 (lók-khók-bé)：指一個四處奔走、非常忙碌的人。2. 指馬匹跑個不停。「碌硞」是馬跑步的聲音。3. 小孩子所乘坐的玩具木馬，能夠前後晃動。

◎ 佗 (tó/toh/ tá 又唸作 tah，還有地方說 tué/ té)：何處、哪裡。用於句尾。

◎ 肩胛頭 (king-kah-thâu)：肩膀。　◎踮 (tiàm 又唸作 tàm)：1. 在……。2. 居住、過夜。

◎ 踅 (séh)：1. 轉動。2. 來回走動、繞行、盤旋或是散步。

◎ 忝 (thiám)：1. 疲累。2. 慘重。　◎司奶 (sai-nai)：撒嬌。恣意做出嬌態以博得對方的寵愛。

◎ 覆 (phak)：趴。　◎尻脊骿 (kha-tsiah-phiann 又唸作 ka-tsiah-phiann)：背部、背脊。

◎ 攬 (lám)：1. 擁抱、摟抱。2. 包攬、承擔、負全責。3. 量詞，例如：一攬柴、一攬大。

◎ 做伙 (tsò-hué/tsuè-hé)：1. 一起、一塊兒。2. 生活上的接觸、往來。

◎ 佮 (kah)：1. 和、及、與、跟。2. 搭配。3. 附帶。4. 適合、相合。

《華語》

還記得童年兒時，總是喜愛賴在父親身上，無論跨坐在爸比的肩膀，騎在肚子的搖床，還是貼在溫暖的背脊，這一幕的親情深愛，永遠盤旋在腦海，能否再找回爹地深情款款無盡的愛？這隻人身馬，多少人的記憶中有過的畫面，邀請各位親朋好友給予惠蓉回應，文學動力的需要大家的鼓勵喲！

哼！阿母攏袂記得身軀邊猶閣有一个我。

◎ 攏 (lóng)：都、皆、全部。

◎ 个 (ê)：1. 個。2. 指某人事物。

◎ 袂記得 (bē/buē-kì-tit 又唸作 bē/buē-kì-tsit、bē/buē-kì-lit、bē/buē-kì-eh)：忘記、遺忘。如果用在語氣完結時，就要唸作 bē kì--tit。

◎ 閣 (koh)：1. 又、再、還。2. 反倒、出乎意料。

阿弟仔小吼一聲，阿母就走若飛倚去共抱。我的手割著傷矣，阿母干焦叫我袂使耍細支刀仔。

◎ 走若飛 (tsáu ná-pue)：形容速度極快。

◎ 倚 (uá)：貼近、靠過去。

◎ 著傷 (tióh-siong)：受傷。

◎ 干焦 (kan-na 又唸作 kan-tann、kan-ta)：1. 只有、僅僅。2. 偏偏。

◎ 袂使 (bē/buē-sái 又唸作 bē/buē-saih)：不可以、使不得。

駕～駕～駕 & 赫！赫！赫「尻脊馬」予阮兄弟騎甲足心適。

◎ 甲 (kah)：1. 到。表示抵達某個地點、時間或狀態。2. 到……的地步。表示所達到的結果或程度。3. 既然，表示事情的前提。4. 哪會、怎麼會、怎麼可能，用於反詰。

◎ 心適 (sim-sik)：1. 有趣。2. 愉快、開心。

註 1. 尻脊馬

感謝在 FM89.9 曾文溪廣播電台，主持「台灣文化鹹酸甜」母語節目、在臺南市新市國小擔任母語教師、積極勇敢做自己，愛作夢的台灣女人劉惠蓉老師的友情贊助，在百忙之中仍然撥空為 < 媽媽的珍寶箱 > 作台文母語翻譯，惜因篇幅所限，不能讓老師發揮精湛的台文優美文學，希望未來文學姊妹更能攜手合作，在圖畫書的世界打造更璀璨的天空！

—— 蘇菲亞 · 劉

阿爸阿母較疼小弟。

◎ 較 (khah/kà)：1. 比較。2. 再怎麼樣也……3. 更…… (kah)

◎ 比較 (pí-kàu)：取兩個以上的事物互相評比他們的高下、輕重、好壞等。

按怎看，就是上關心小弟。

阿母的私奇寶
mum's treasure chest
珠寶箱內藏什麼？

華語 文／圖：蘇菲亞‧劉

台語翻譯編寫：劉惠蓉

http://www.tnpl.tn.edu.tw/creativebooks/#main

媽媽的珍寶箱【台語】阿母的私奇寶

珍寶箱內收藏的衣物、卡片、奶嘴、玩具，不是名貴珠寶，卻是全家記憶的小縮影、心有靈犀一點通的家族密碼。

小家庭，小日子，平凡的小小記憶收藏，

家庭間的通關密碼，

也能成為日後遇上難關時的

信心與助力。

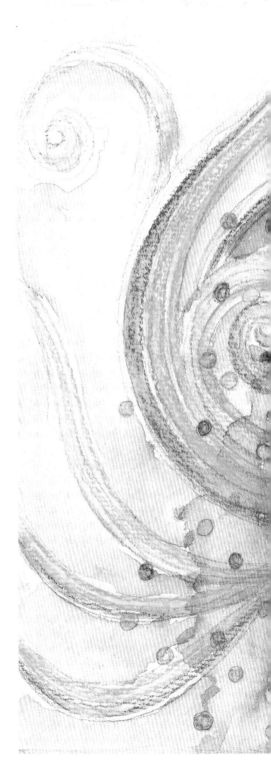

Mum's treasure chest had a new hospital wrist band, which is to remind us to be healthy. To be honest, mum didnt have to feel afraid, because i am here to protect her.

媽媽的珍寶箱多了一個媽媽的住院紙環，提醒大家要注意健康。其實，媽媽根本不用害怕，

我長大了，可以來保護妳了！

Mum's treasure chest provided a lot of strength for the family. Today she finally won against the sickness, she can finally return home!

也許是媽媽的珍寶箱提供了很大的力量，

她終於戰勝了病魔，

媽媽回家囉！

Mum you will be fine.

媽媽加油，一切都沒問題的。

My brother and sister are all asleep. I saw dad came home late who was taking care of mum at the hospital. I miss mum very much. I hugged dad and cried, no words are needed to show our emotion.

爸爸在醫院照顧媽媽很晚才回家，弟弟妹妹都睡了，瞧，爸爸忙得連鬍子都忘了刮。

爸爸，我好想念媽媽 ...。「小家 ...！」

我和爸爸抱著流淚，

什麼都不用說。

Mum said "The three of you are growing up very fast. Fast enough that i didn't have the chance to cherish all your lovely appearances. Thank goodness there is the treasure chest to store all these valuable memories.

常住醫院的媽媽說，你們三兄妹一直長大，媽媽都沒看到你們可愛的模樣，真是捨不得。

哈哈哈，還好有珍寶箱！

Mum's treasure chest is becoming more plentiful. Little brother had a haircut. Little sister had a new pacifier. Cute little socks. Letters to mum, celebration card, get well card, and many photos of the family gathering.

我跟媽媽說，您的珍寶箱越來越豐富了，

弟弟剪了頭髮、妹妹換了新奶嘴、很可愛的小襪子 ...

寫給媽媽的信、賀加油鼓勵卡，還有許多全家的幸福照片。

During mum's stay in the hospital, she always looked at the photo. She said it gave her a lot of strength against the pain she had to gone through.

媽媽住院期間，她還是要了這張照片，

她每天看著可愛的照片，給了她很大的勇氣、

陪著她抵抗

我們小孩

想都想像不到的痛苦。

Mum went to hospital emergency again. I brought along a photo from the treasure chest to cheer mum up. Grandma says i have really grown up.

才回來沒多久，媽媽又送醫院急診了。

我帶一張相片陪媽媽壯壯膽，

媽媽說，怕弄丟了，先放在珍寶箱裡。

外婆說，小家 真的長大了。

Dad hugs me and says "Oh my, Xiao-jia is all grown up, daddy can't hold you up anymore. You have been very brave and strong looking after your little sister and brother.

爸爸抱著我說，哎耶！小家長大了，爸爸快抱不動你嚕。

其實　　　該謝謝小家，你真幫了大忙。

Little brother is still young. I will take care of him
and play with him.

弟弟還小，

　　我會照顧他、陪他玩。

Soon, mum had a treasure chest for little sister as well. I helped mum put in my little sister's hospital wristband.

乖，快喝，
不要玩啦！

妹妹也有一個珍寶箱了，
我幫媽媽放進
妹妹的出生紙環。

Mum's body is still very weak. She needs to rest well! No worries, mum. I will take care of everything.

媽媽身體還是很虛弱，生寶寶好辛苦喔！

放心養病啦，媽媽，沒問題的。

So eventually mum had another baby girl. I am the older brother now, I need to take care of my little brother and sister!

還是要佩服醫生幫媽媽生了可愛的小妹妹。

我是大哥哥了，我要幫忙照顧弟弟、妹妹。

媽媽又要生寶寶了

媽媽不要住醫院，我們回家啦！

"Be good! You are the older brother, you need to take good care of your sibling! Would you like a sister to play with too?"

要乖哦！媽媽再生個妹妹陪你玩。

你是大哥哥了，要幫忙照顧弟弟。

"This is the photo of us at the theme park. You love cotton rolls, and collecting toy cars. Both you and your brother have a treasure chest, storing the most amazing memories of you all."

這張是我們一起去遊樂園玩的照片，你最愛吃棉花糖、收集小汽車模型。你們每人都有一個珍寶箱，放著媽媽仔細收集的可愛小東西。

"When you were born, your face looked like a wrinkled old man! Who knew soon enough you would become a cute little thing with a puffy face. But every night you would cry and cry, mommy would have to carry you the whole night, and together with daddy we would become exhausted until the next morning. We almost dropped you when you slipped."

你剛出生時，皺巴巴的像個小老頭，誰知一下子就變得白胖可愛了。晚上都哭不停，媽媽整夜抱你到天亮，你差一點滑到床下 ...。

"This is the photo when you were born. This is the hospital wrist band that the nurse used for you. This is the beautiful clothe from your uncle. And many more!"

這是你小時候的照片、你剛出生時，醫院

為新生寶寶掛的紙環、還有舅舅送你的

漂亮衣服、可愛的小鞋子 ... 等。

"Come here, i will show you mum's treasure chest.
I have so many items of you!"

小家，快來看媽媽的珍寶箱，

　　你的東西，媽媽收集得最多。

媽媽還是最愛我的，

　　留一點點愛弟弟好了。

I asked, "Mum, do you dislike me?". Mum hugs me and says "Oh gosh, my angel. You are mommy's favourite. I love you the most!"

媽媽，你是不是開始討厭我了？媽媽抱著我說，

天哪！小寶貝，媽媽最愛你了。

你是媽媽的小情人！

Mum would say "you are so uncareful, look at your poor little brother!". Sorry little brother, i didn't mean to do it!

媽媽說，"真不小心！看弟弟多可憐，好痛哦！"

對不起啦，

弟弟，我不是故意的。

Oh no, the jar is so heavy and it dropped onto my little brother's head.

糟糕，罐子好重，跌下來，敲到弟弟的頭啦！

哇！好痛喔！

Humph, i will eat all the lollies i want even if i am told not to!

不要吃糖果？

吃了會蛀牙！

哼！我偏要吃！

But when little brother shows up, dad becomes too busy, and mum is always too tired. Little brother always cry so much. My parents even forgot to read bed time story for me.

自從有了弟弟，一切都變了。爸爸太忙、媽媽常常不舒服、弟弟一直哭鬧個不停，連睡覺前的

床邊故事時間，大家都忘掉了！

我也覺得好吵喔！

My father used to play horse with us. It was so fun!

爸爸載著我和弟弟，騎 "爸爸馬"，

赫！赫！赫！好過癮。

我也很喜歡聽媽媽講故事。

月光光，秀才郎，

　　騎白馬，過窄蒼。

Whenever little brother cries, mum will fly to him, caring for him. If I hurt myself, mum only says "Don't play with a knife!"

弟弟哭一下，媽媽就飛快去抱他，

我的手割傷了，媽媽只說 ，不能玩小刀哦！

覺得好委屈喔？

真的嗎？ 不會吧！

Mum always forget about my presence.

媽媽都忘了我在旁邊。

Dad and mum always pay more attention to his little brother

自從家裏有了新弟弟，
處處看得出，

爸媽總是特別關心弟弟。

Xiao-jia feels that his parents adore his little brother more.

小家感覺

爸媽比較疼弟弟！

媽媽的珍寶箱
mum's treasure chest

珍寶箱內藏什麼？

媽媽的私奇珍寶箱，收藏全家人的通關密碼！

蘇菲亞·劉　Sophia Liu

蘇菲亞繪本城堡

家庭暖力，是生存的的動能源頭。傳
說中不離不棄的愛，已讓時光變化蛀
蝕斑斑，媽媽的珍寶箱中收藏的不是
晶鑽珠寶，一個舊玩具、小奶嘴、
一雙小襪子、小卡片 ... 都是無價的
家庭通關密碼 Yes, Mum 沒問題啦！
Love you forever ！

家

庭

寶

Yes, Mum，沒問題！

家裡，誰在收集全家生活照片？ *媽媽！*
誰在收藏珍貴難忘的小東西？ *媽媽！*
誰在記錄孩子成長中的點點滴滴？ *媽媽！*

向媽媽致敬